तुम्हारे लिए हर बार...

तुम्हारे लिए हर बार...

प्रतिभा शतपथी

अनुवाद

राजेन्द्र प्रसाद मिश्र

वाणी प्रकाशन

वाणी प्रकाशन

4695, 21-ए, दरियागंज, नयी दिल्ली 110 002

शाखा

अशोक राजपथ, पटना 800 004

फ़ोन : +91 11 23273167 फ़ैक्स : +91 11 23275710

www.vaniprakashan.in
vaniprakashan@gmail.com

TUMHARE LIYE HAR BAR...
by Pratibha Shatpathi
Translated by Rajendra Prasad Mishra

ISBN : 978-93-5229-022-2
Collection of Poetry

प्रथम संस्करण

मूल्य : ₹ 275

न्यू कृष्णा ऑफ़सेट, दिल्ली-110 093 में मुद्रित

वाणी प्रकाशन का लोगो मक़बूल फ़िदा हुसेन की कूची से

अनभिव्यक्त
पर अभिव्यक्ति पाने को
सतत प्रयासरत
कविता के लिए...

–प्रतिभा शतपथी

मेरे लिखने का कारण

मुस्कराती हुई पूनम की मधुर रात को मैं क्यों पलकें बिछाये देखती हूँ? मैं क्यों आकाश की गहराई को नापना चाहती हूँ? मैं क्यों आधी रात में आसमान से गिरती हुई ओस की बूँदों की आवाज सुनने लगती हूँ? मैं क्यों सेज पर लेटे हुए पिछली शाम के आकाश की छाती पर उड़ती हुई चिड़ियों की चहचहाहट सुनने लगती हूँ? बलात्कार का शिकार हो रही मासूमाओं के लिए संवेदना क्यों जन्म लेती है? युद्ध के आतंक से आहत शिशु का चेहरा टी.वी. के पर्दे पर आकर मुझ से बहुत से मासूम सवाल करता है? इन्हीं प्रश्नों का उत्तर क्या है, मैं हतप्रभ हूँ।

मैं कुछ कहना चाहती हूँ। अपनी विफलता को बार-बार परखने के लिए मैं कविता लिखती हूँ। हाँ, इसी विफलता की जाँच मैं करना चाहती हूँ। इससे "मैं क्यों लिखती हूँ" का परिचय थोड़ा-सा मिल सकता है।

मैं क्यों बचपन में कोई गीत सुनते ही उसी छन्द में एक दूसरा गीत बनाकर गाया करती थी? घर पर जरा-जरा सी बात पर माँ-नानी का लोकगीत गाना, विदेश में रहते पिता का परिवार से दूर रहना और दादा गोपालचन्द्र प्रहराज के परिवार की साहित्य-सचेतनता आदि गुण सम्भवतः मेरी अवचेतना में रह गये थे! हो सकता है।

बहुत कम उम्र में ही मेरा विवाह हो गया था। इसलिए बहुत जल्द सांसारिक बोझ मेरे कन्धे पर आ गया। साथ-साथ कविताएँ भी करनी पड़ती थीं। इसलिए इन सबको एक साथ लेकर चलना मेरे लिए कष्टदायक हो रहा था। मेरा स्वास्थ्य बिगड़ता जा रहा था और मेरा मन भी उलझ रहा था। फिर भी कविता-लेखन में मुझे अपने पति से प्रेरणा मिलती थी, उत्साह मिलता था। कुछ हद तक मैं इसी प्रेरणा को लेकर आगे बढ़ी। पर, उसके बाद जैसे पहाड़ पर चढ़ने वाला धीरे-धीरे अपने साथियों को खोकर अन्त में अकेला रह जाता है, उसी तरह मैं भी काव्य-साधना के आधे रास्ते पर अकेली हो गयी। इसी अकेलेपन का स्वप्न जितना शाश्वत हुआ, उतना ही क्षणभंगुर रहा। उसे चाहने के कारण मुझे मूल्य भी चुकाना पड़ा, जैसे कि प्रत्येक प्यार का मूल्य चुकाना पड़ता है और यह मूल्य

चुकाने में मुझे लगातार जलना पड़ा, अकेलेपन के दर्द की तीव्रता का अनुभव करते हुए छटपटाना भी पड़ा।

तभी मैंने अपने पैरों के नीचे घूम रही धरती को नापने का प्रयास किया, अपने अस्तित्व का निरीक्षण किया, और जीने का अर्थ भी ढूँढ़ा। सारे अनर्थ और विडम्बनाओं के बीच मैंने जीवन में जीने के महार्घ सूत्र को खुलकर पकड़ने का प्रयास किया है। अस्तित्व की असहायता को समेटते हुए मैंने आँसुओं से नहा लिया है। विपुल सम्भावनाओं का रेखाचित्र बनाते समय मानव की असहायता का अनुभव करते हुए मेरा हृदय करुणा-सिक्त हो गया। हाय! मानव कितना असहाय है, कितना लाचार है? वह विश्व को अपनी गोद में ला सकता है, पर अपने माथे तक उसका हाथ नहीं उठता। एक ऐसे मनुष्य की उपेक्षा यानी दूसरे अर्थ में मैं अपनी उपेक्षा कर सकती हूँ? इसीलिए तो विश्व-भावना की विपुलता और अपनी क्षुद्रता के बीच मैं एक सम्पर्क-सेतु बनाने का प्रयास करती हूँ। मैंने उसी सोच में कितनी रातें जागकर बिता दी हैं, कितने प्रलोभनों को त्याग दिया है। मैं स्वयं से, शून्य से और अपने कल्पित ईश्वर से भी पूछ बैठती हूँ कि असहायता और विडम्बनाओं से मनुष्य को कब छुटकारा मिलेगा?

ईश्वर से तो कोई उत्तर नहीं मिलता। शून्य तो सदैव क्रूर है। अतः मुझे खुद से ही प्रश्न करना पड़ता है। सीधा प्रश्न—अगर जीना चाहते हो तो उत्तर देना होगा। अन्यथा मर जाओ, टूट जाओ। सुन्दर भावोपलब्धि और आत्मत्याग से उल्लसित मनुष्य का सामना मैं करती हूँ। मैं उसे मार नहीं सकती, उसे पतन के रास्ते पर ढकेल नहीं सकती। सम्भावना के संसार में मैं उसके महिमान्वित "प्रायः ईश्वरीय" रूप की खोज करती हूँ।

खोजने से क्या मिलता है? कुछ तो जरूर मिलता है। जो मिलता है, उसी के गौरव से गौरवान्वित होकर मैं दुश्मन को भी क्षमा कर सकती हूँ। मैं संसार की सारी विषमताओं को, सारी उलझनों को एक निर्दिष्ट इलाके में खड़ा कर देती हूँ। बायें हाथ में उन्हें पकड़कर रखती हूँ और दाहिने हाथ से कलम चलाती हूँ। अपनी खोज से जो आनन्द मिलता है, अपनी अहं-भावना के सूत्र पकड़ने की जो धृष्टता है, अपनी अभीप्सा को पहचानकर उसे स्थापित करने की जो पिपासा है, प्रयास है और इसी प्रयास से जो परिणाम और परिणाम से जो करुणा उत्पन्न होती है, उन सबसे मैं अभिभूत हो जाती हूँ।

ईश्वर जैसे चरण अविवेकी, अन्यायी और पक्षपाती विचार के चौखटे पर खींच लाने को प्रस्तुत हो जाती हूँ मैं। किन्तु "वे तो मनुष्य की सर्वोत्तम सम्भावना के प्रतीक हैं" यह समझ लेने के बाद उनके लिए भी मेरी आँखों में आँसू आ

जाते हैं। मनुष्य के भीतर की सर्वोच्च शक्ति का पता लगाते हुए मैं स्पर्धा करने लग जाती हूँ।

शब्दों के माध्यम से मैं क्रान्ति को साकार करती हूँ। क्योंकि मैं समय के शासन को सह नहीं सकती। मरणशील व्यक्ति को मैं आसानी से मृत्यु के मुँह में धकेल नहीं सकती। हिंसा, कपटता, द्वेष की धधकती हुई आग में मैं स्नेह-सम्प्रीति से पूर्ण मानवीयता की आहुति दे नहीं सकती। सचमुच मैं विद्रोही बन जाती हूँ। हालाँकि मैं धातु से बना हुआ कोई शस्त्र नहीं पकड़ती। क्यों कोई निर्दिष्ट व्यक्ति मेरा दुश्मन नहीं होता। पर भावोपलब्धि के जगत में मैं क्रान्ति का आह्वान करती हूँ। इसी तरह संसार की सर्जना करने वाले ईश्वर की विरोधी बन जाती हूँ मैं। क्योंकि मैं उनके बनाये हुए संसार की रीति-नीति मानकर नहीं चलती, जिसे वे स्वीकार नहीं कर पाते। इसलिए मुझे दंड भोगना पड़ता है, अकथनीय पीड़ा झेलनी पड़ती है।

ईश्वर से टक्कर लेने के लिए मैं लिखती हूँ, साथ-साथ कठोर दंड स्वीकार करने के लिए भी लिखती हूँ मैं। सम्भवतः मेरे लेखन के ये दोनों ही कारण हैं। हालाँकि इनसे बढ़कर और कुछ के लिए भी मैं लिखती हूँ, पर उसे अभिव्यक्त करना मेरे लिए सम्भव नहीं। जो आनन्द और पीड़ा मेरे शब्द-संसार में चुपचाप से छुप जाती हैं, उन्हें व्यक्त करने के लिए भी मैं लिखती हूँ।

भुवनेश्वर — **–डॉ. प्रतिभा शतपथी**

अप्रैल, 2015

अनुक्रम

आज आओ, अभी... 13
जपा कुसुम संकाशं 15
शब्द का वजन 17
आँसू 19
चिट्ठी 21
रख देता है... 23
शिकार 25
निष्ठुरता हमारी 27
कविता लिखने की तड़प 29
वस्त्रहरण 31
घबराते हैं ईश्वर भी 33
चार साल की लड़की 35
अन्ना अख्मातोवा के लिए 37
माँ के जाने का समय 39
वह औरत 41
अफसोस मत करो 43
दिन भर, रात भर 45
आखिरी दिनों का बसेरा 47
परी 49
परी के साथ एक दिन : एक 52
परी के साथ एक दिन : दो 55
मर चुका है वह... 57
सहेज नहीं पायी 59

फेंका नहीं जाता	61
अन्य समय	63
स्वर्ण हिरण	65
सामने आ गये तो	67
अन्त में	69
नहीं चाहिए	71
कौन पढ़ेगा	73
अकाल	75
अन्त तक	77
पेड़	79
सर्जना	81
अभिषेक	83
भंडार-घर	85
काँपते धुएँ में	87
अनकही	89
संवाद	91
जलती नहीं, बुझती नहीं	93
गंगा	94
सच-झूठ समझ नहीं पाती	96
मेरी बेटी	98
मनुष्य	100
गिद्ध	102
पहचान लोगे?	104
रहस्य	106
मैं न होऊँ	108

आज आओ, अभी...

आओ, मेरा एक-एक अवयव
सोपान बने तुम्हारे पैरों तले,
उत्कंठा बने अर्घ्य,

अन्तर की स्वच्छता से
रेशा-रेशा निकालकर
बुन रखी है चादर
ढक दूँगी तुम्हारे विस्तार को,
तुम्हारे लिए परेशान
अपनी अनिवार्य नियति को,
अपने राजत्व को
अपने अन्तिम गीत को
लक्ष्यहीन, कर्कश
गर्जना करती इस पृथ्वी को,
आओ, अभी आओ।

वादा करती हूँ
मैं ढक दूँगी इन सबको।
पर क्या सचमुच ऐसा कर सकूँगी?
पोंछ सकूँगी अभिशाप को
अपने खून से?
पानी का कोई बुलबुला नाच उठने पर
कहीं परित्यक्त कोने में
इधर-उधर के फूल
चुपचाप खिल उठने पर

अकेला तारा
पैर लटकाकर बैठ जाने पर
पेड़ की डाल पर,
बाँहों पर, कन्धों पर मेरे
कई बार आकर टिका है आकाश
मैं मर गयी हूँ
पहाड़ जितनी लाज से
न जाने कितनी बार!
असंख्य चाकू
धातु के, शब्दों के, मिथ्याचार के,
प्रसूति शिशु के रक्त से सने सिर-सा
उगता सबेरा
द्विखंडित हो जाता है,
कभी जोरों की सिसकियाँ सुनाई देती हैं
तो कभी
ताल लय तेज हो उठते हैं
तुम्हारी वीणा के सुनहरे तारों से।

आज आओ, अभी...
मेरे भिनसारे के सपने में
निद्रित, विनिद्रित जली-भुनी
वास्तविकताओं में
तीक्ष्ण रोमांच में
गाढ़े शून्य में शब्दहीन
बार-बार,
आँसू-रक्त निचुड़कर बह जाये मुझमें से
बार-बार
छिन्न-भिन्न हो जाऊँ मैं—मेदिनी
तुम्हारे पद्म पंखुड़ियों जैसे चरणों के भार से।

❑❑

जपा कुसुम संकाशं

तुम्हारे उस पार के विस्तार में
क्या पानी के बुलबुले होते हैं?
होता है किसी का अस्तित्व?
सुनाई देते हैं गीत?
छप्पन करोड़ जीव में?
तुम किसी को याद रखते हो सूर्य?

बिन देखे देखने में अभ्यस्त मैं
आसन्न गोधूलि में ताक रही होती हूँ तुम्हें
तुम्हारी पीठ पर पड़े हैं क्या खून के छींटे?
मेरे आर्त्तनाद, मेरे उल्लास की कोई फिक्र नहीं तुम्हें
तो फिर क्यों सजा रखा है मेरे लिए बगीचा
चित्र-विचित्र पृथ्वी का मानचित्र।

तुम्हारे देखते-देखते सूख गयी नदी
जल गया जंगल
कभी रत्न में तो कभी युवती के गाल में
बीचोंबीच झलक जाता है तुम्हारा चेहरा,
छायापथों की ओर क्या तुम कभी
तिरछी नज़र से देखते हो
मुस्कुराते हो।

मुझे लगता है
मेरे भीतर तुम्हारा अंश चमचमाता है,
झूठा-क्षणिक उसे तुम कह सकते हो,

फूल में, इन्द्रधनुष में
तुम्हीं तो रंग भरा करते हो
इनमें भला कौन क्षणिक नहीं,
कौन झूठा नहीं?

तुम्हीं ने तो भिनसारे में
पुकारा था उस दिन
झट उठकर बेतहाशा भागते समय
तुमने कहा—पास मत आना मेरे
तुम तो बस एक रंग हो अर्बुद-अर्बुद इकाई के।

□□

शब्द का वजन

एक शब्द का वजन
पृथ्वी के वजन से भी कहीं ज्यादा होता है
क्या नहीं जानते?

मत ढूँढ़ो शब्द को
खुद को बिछा दो धूल में
उसे आना हो तो आये।

बिना शब्द के तुम्हारे मेरे बीच
लगातार होती है बातचीत
बिना उच्चारण के
नज़रें सोख लेती हैं अभ्यन्तर
एक-दूसरे की।

जहाँ कहीं भी होते हो तुम
मैं तुम्हारे आस-पास होती हूँ।
क्या मेरी साँसों का एहसास
नहीं होता तुम्हें कन्धों पर...?
पर मुझे होता है
तुम्हारी साँसों का
जैसे बसन्त के आने का
होता है एहसास चिड़ियों को।

छलभरी बातें और रसिकता
भिन्न हैं चाहतभरी व्याकुलता से

पहले में मौज है
तो दूसरी में वेदना का जलन।

जबरन कराया जाता है
जो समर्पण
नहीं रहती है उसमें इच्छा
न ही सम्मोहन
अधिक हुआ तो होती है ज़रूरत
या फिर विज्ञता।

बादलों के पंख पर सवार हो उड़ना
इस छोर से उस छोर तक सुख-सपने
डूबे रहते हैं हम उसी में हर दम...

रात, चुम्बन, राज सिंहासन
यशगान
तभी तो दूर रह गये हमेशा।

❑❑

आँसू

कहाँ है आँसू की जन्मकुंडली
किन-किन ग्रन्थियों के सहयोग से है उसकी उत्पत्ति
अस्थिर, अनिर्दिष्ट कोई कारण
खींच लाता है उसे—

कभी मोती तो कभी बारिश की बूँद
कभी ढुल-ढुल ओस
कभी डोलता फन साँप का
कभी शान्त तो कभी चीत्कार
कभी काँच तो कभी इस्पात
वह गढ़ सकती है, मिटा सकती है।

यन्त्रणा, पुलक, क्रोध
कौन जन्म देता है उसे
रक्त-नाड़े के साथ,
वसुधा की अति गहरी नाभि से
वह निकल आयी उड़िल गयी—

बूँद भर आँसू, बूँद भर समुद्र
चखा जाता है एक साथ
समुद्र भी ढका जा सकता है
पलकों के नीचे।

आँसू
सच है यन्त्रणा और पुलक का

फिर भी बड़ा अवान्तर है वह
क्योंकि चरम घड़ी में नहीं मिलता
उसका अता-पता
उस दिन भिनसारे में
प्रपात-सा आ गिरा आँसू
प्रियतम को कभी न पा सकने की
लाचारी में,
न जाने कहाँ छुप गये आँसू
जिस दिन आखिरी सहारा घर का छप्पर
बहकर डूब गया नदी की तेज बाढ़ में।

आलिंगन के नागपाश में उस दिन
शिराएँ और स्नायु तड़कते समय
आँसू नहीं दिखा कहीं
छुपा रहा लाज से।

□□

चिट्ठी

बँध गये हैं सारे आवेग
हँसी, रुलाई, व्यग्रता
जो साँसें रोककर
जला डालते तुम्हें
यदि मिला न होता उन्हें
एक फर्द रंगीन कागज का सहारा।

यह सब उन दिनों की बात है।
मृत सैनिक के प्रेमपत्र-सी बीती यादें
आँसू डबडबाई आँखों से निहारती हैं
स्नायु बिखर जाते हैं
सौ टुकड़ों में बँटकर,
सारी शिराएँ गुड़ी-मुड़ी
घाव में कीड़े
जबकि आवेग,
हँसी, रुलाई, व्यग्रता
उसी तरह अनाहत हैं।

अब कागज के एक फर्द में बँधा पड़ा है
उस जंगली झरने का गीत
काँप रहा है
रट लगाये है अब तक
झर...झर...
मानो वह चिट्ठी से निकल आयेगा
छलाँग लगाकर

और हराभरा कर देगा
दुनिया के सारे धान के खेत।

सहेजकर रखने की
सुरक्षित जगह न पाकर
उस दिन एक चिट्ठी फाड़ते समय
लगा—तुम तो हो ही
न रहे चिट्ठी, क्या फर्क पड़ता है।
आज तुम नहीं हो,
यादों में गुमसुम बैठे
सारे आवेग
प्रेत की अट्टहास भरी हँसी की तरह
दहला रहे हैं चारों दिशाएँ
तोड़-मरोड़कर चबा रहा है हाथ-पैर
तो कुछ देर बाद
एक डाल से दूसरी डाल तक बँधे
काले शामियाना के नीचे
पुकार रहा है
धान के रंग का कपोत।

□□

रख देता है...

रख देता है कवि
धूल के लिए, जालों के लिए,
कीड़ों के लिए कविता।

अपने जलते-बुझते आवेग
तपाक् से बीत जाते दिन
मुश्किल से कटती रातें
वीणा की झंकार-सी धड़कनें
टप-टप आँसू, किरणों-सी मुस्कान
कली-सी लाज,
अपने छिन-पल, अपने महाकाल को
रखकर जा रहा है वह।

शब्दों की मोहरें
अनकहे शब्दों की भिक्षाथाल
यश-अपयश के झूठे खेल
अपने जीने का अर्थ
अनभिव्यक्त का सूनापन
ऋतुओं की उर्वरता
चाहत की होनी-अनहोनी
सब छोड़कर जा रहा है वह।

अपनी बाध्य देह, अबाध्य मन
तुम्हारे लिए अपने

युग-युग के अन्वेषण
छोड़कर जाने के सिवाय
और क्या उपाय था उसके लिए?
निस्पृह, अपठनशील
आखिर किसे सौंप जाता
अपनी दृश्य-अदृश्य की समग्रता?

क्या भीड़ में
हो जाती है खपत
लम्बी साँसों और अपनेपन की?
पागलपन में
वह जो चम्मच भर सपना, चुटकी भर स्नेह
सहेजकर पकड़े हुए है
डाल देना अब उन्हें
धूल-जालों और
कीड़ों के खुले मुँह में।

□□

शिकार

भला बाघ को मार सका है कोई?
कवियों की बन्दूकें, तीर, प्रक्षेपण-अस्त्र
सब बेअसर हो जाते हैं—
एक बार लुढ़ककर गिरने के बाद
फिर से दहाड़ उठा है बाघ,
झुरमुटों में, घने जंगलों में
घात लगाये घूम रहा है बाघ
घात लगाये बैठा है शिकारी भी—

चाहना, भींचकर पकड़ लेना
प्रेमिका की कॉफी-कप जैसी गर्दन
पकड़कर चूमना,
प्रेमी की विशाल शिला-खंड-सी
छाती में कनफूल को दबाये रखना
ये सब भी शिकार ही तो हैं ना?

वरना उस दिन
उस एकान्त बदरंगे बेंच पर
हथेली खोलकर पकड़े हुए
उस युवक ने कहा न होता
"तुम्हारी हथेली पर मैं एक पतंगा हूँ
मुट्ठी बन्द कर दोगी तो
मर जाऊँगा"—
उस युवती ने कहा न होता,

"बल्कि मैं तुम्हारे पैरों तले
तीर बिंधी एक चिड़िया हूँ
छटपटाती, सारा खून बह जाता है,
खत्म हो जाता है।"

पुरुष के होंठों को
तरबूज की तरह चबा-चबाकर खाती नारी,
नारी के स्तन को
रसाल की तरह चूस-चूसकर पीता पुरुष,
वे दोनों हैं शिकार, शिकारी।
लोभ-लालसा एकाकार
एक-दूसरे में बसते हैं उनके प्राण
खुद को खत्म करने की राह के राही हैं।

पक्षी तक छोड़ नहीं सकते साथ
एक-दूसरे का।
तीर भी कहाँ से आते हैं?
क्या प्रेम मरणास्त्र है?
ज़रा शिकारी की तरकश में चढ़ा तीर है?
या दूसरा नाम है ऐच्छिक मृत्यु का?
प्रेम की छुअन से
घायल पंच-प्राण
टटोलता फिरता है
कहाँ है छुटकारा, कहाँ है छुटकारा?

□□

निष्ठुरता हमारी

'अन्तिम घड़ी समझोगी
मुझे नजरअन्दाज करने में
कितनी दारुण निष्ठुरता थी तुम्हारी'—
तुमने कहा था।

अन्तिम घड़ी आ चुकी या नहीं
नहीं जानती
फिर भी परखा है खुद को
नजरअन्दाज करना, भींचकर पकड़ना
दोनों सच हैं मेरे लिए
क्षणिक सम्बन्धों को
बचाये रखने के लिए
छिन-छिन खुद को मार रही हूँ मैं
साथ-साथ रुआँसा होना
हँसते-हँसते लोटपोट हो जाना
न पा सकने की लाचारी में
चारों दिशाओं को शून्य समझना
इनमें कौन-सा झूठा है?

मुट्ठी भर भात से यदि
धन्य हो जाता जीवन,
यश-पताका उड़ाने में
महकता रहता यह जन्म
शरीर-संभोग यदि

एकमात्र श्रेय होता रिश्तों का
तब तो
ढुँढ़ाई नहीं होती
मेरी तुम्हें या
मुझे तुम्हारी!

दो हिस्सों में बँट गया मेरा शरीर
एक हिस्सा नदी के इस किनारे
दूसरा उस किनारे
रेगिस्तान की शुरुआत में एक हिस्सा तो
आखिर में दूसरा हिस्सा
एक हिस्सा खंडगिरि में तो
दूसरा अजन्ता में।
मानती हूँ
अन्त नहीं है मेरी निष्ठुरता का।

गढ़ते-गढ़ते
टूटते जाते सपने तुम्हारे
और फिर पलायनवादी अहंकार तुम्हारा
कौन-सा झूठ है इनमें, कहो तो?

□□

कविता लिखने की तड़प

अच्छा होता जो कविता न लिखती
सुनहरी मधुमक्खियों को सुबह
न बिखेर देती पूरी अमराई में,
झड़े पत्तों पर डगमग चले जाते चींटे
गायब नहीं हो जाते हठात्,
कलेजे में लम्बी-चौड़ी शून्यता लटकाकर
सोने-रुपये के भीड़ भरे बाज़ार में जाते समय
उतना अलग-थलग-सा नहीं लगता—

सारी आपाधापी
लेन-देन के खेल में
निठल्ले न पड़े होते हाथ-पैर मेरे
टटोलते फिरते कविता...कविता

आधा रास्ता होते न होते
लगता नहीं अकेला-अकेला—
मरा हुआ एक मर्द
पहरा न देता मेरे दरवाज़े पर,
सिर्फ मुझे देखकर आँख नहीं मारता,
एक तारा
जिद्दी चाँद नहीं चलता
मेरे पीछे-पीछे।

बड़ी खीझ होती है
न सो पाती हूँ

न ही जगी रह पाती हूँ
प्यास बुझाने को थोड़ा-सा पानी
या भूख मिटाने को मुट्ठी भर भात
या खुला बदन ढकने को एक चीथड़ा
दे नहीं पाती ठीक से।

न जिया जाता है
न ही मरा जाता है
कविता लिखने की तड़प में।

□□

वस्त्रहरण

साड़ी को लेकर
रचे गये न जाने कितने पुराण
कितने गीत, कितनी कहानियाँ
पर साड़ी तो मात्र एक प्रतीक है।

केवल साड़ी खींचकर उतार फेंकने से ही
आघात अपमान होता हो, ऐसा नहीं।
नारीत्व एक मर्यादा है
एक गूढ़ सत्ता
जो केवल देह में नहीं होती,
होती है नारी के सपने में, कल्पनाओं में
रक्त में, मांस में, पसीने में भी होती है
होती है मातृत्व में, देवीत्व में।

आज न जाने हैं कितने
मदाक्रान्त दुःशासन
कहीं छली प्रेमी तो
कहीं मूढ़ पति
बहुविध विकारी बलात्कार,
पर नहीं है "सुदर्शन-चक्र"
ना ही दाहिनी बाँह उखाड़ने वाले भीमसेन।

आज विवस्त्रा से बहती रक्तधार
रजस्वला का रक्त नहीं
हतपिंड में शराघात का है।

बेकार गयी मेरी सहनशीलता
लम्बे पच्चीस वर्षों तक
नदी की रेत पर
जीवित मछली के साँस लेने की तड़प
रंगीन सूर्यास्त तक
जीने का दुस्साहस।

सभासदों का अट्टहास
नामसझों की चतुराई
बीच में फट जाती है मेरी
त्रिलोक, त्रिकालव्यापी
मर्यादा की नीलाम्बरी साड़ी।

□□

घबराते हैं ईश्वर भी

साठ आलोकवर्ष में कदम रख
तलाशती फिर रही है राह
चौराहे पर
इतने बड़े महादेश के दक्षिण में।

शोर-शराबे से भरा मणियों का बाजार
पृथ्वी को बेच-बाचकर खा जाने को तैयार लोग
चले जा रहे हैं राह बदल,
आ-जा रहे हैं
दिन भर में लाखों सौदागर
वहीं वह औरत परेशान है
कहाँ है उसका घर
राह ढूँढ़ती है–

कुछ ही हाथ की दूरी पर
समुद्र में टूटती नीलिमा
प्रबाल-लताओं से धड़कता है जीवन
संसार के सुख-दुःख झेलकर
लौट आयेगी वह औरत कहती है–
कहीं तो होगा उसका एक घर,
है सत्य की कसौटी उसमें
अपनी साँसों को उसने
छिन-छिन परखा है।

पगली है या कोई वेश्या
या सिद्धदेवी
न जाने कौन है वह औरत
उसे राह बताने में
खड़े होने में उसके आस-पास
घबराते हैं ईश्वर भी।

□□

चार साल की लड़की

एक पर्त गीली राख का रंग
तो दूसरी पर्त कटे गाजर का,
तिस पर हिन्द महासागर का किनारा,
न जाने कैसे-कैसे असंख्य रंग
क्या पहचान सकता है कोई चित्रकार?
उसके ऊपर खिल रहा है हीरे-सा
तीज का चाँद।

कचोटती यादों का दरवाज़ा धकेलकर देखा
झड़बेरी-सी आँखें उसकी
महज चार साल की,
फुल फ्रॉक, फुल पैंट, फूल शू
दो चूड़ियाँ कलाइयों में
माँ और बप्पा के बीच खड़ी
आश्चर्य कुतूहल से भरी
क्या वह सोचती थी
आकाश सिमट जायेगा एक दिन
इतनी जल्दी!

माँ-बाप के बीच खड़ी है वह लड़की,
क्रमशः दूर होते चले गये माँ-बप्पा
एक-दूसरे से।
लड़की को धकेल दिया बाप ने
माँ की ओर।

झड़बेरी-सी आँखें फैल गयीं
सपने उभरने लगे
गीत बजने लगे बदन में
मन में उग आये डैने,
देव, बैताल, असुर
मुग्ध हो गये
अपने-अपने तरीके से।

इधर,
चाकू की नोक पर
जबरन दबोच लिया आदमी ने
आग-सी धधकती प्रवृत्ति है उसकी,
तड़पती रही वह लड़की
नारीत्व की यन्त्रणा से।

क्या सुनी किसी ने उसके मन की बात
उसकी चाहत का उच्चारण?

उग्र, पाशविक घाव के निशान हैं
देह-मन में हर जगह,
कहीं ठंडे, स्वच्छ घूँट भर पानी की तरह
फिर भी मँडरा रही है एक गौरैया
उसके खून में।

आज नीली शिराओं, सफेद साड़ी,
घिनौरी की कुंडली-सी बैठी वह
अन्दर से झाँकती है अपने अतीत की सुन्दरता।

पूरी साड़ी से गुनूर-गुनूर निकल रहा था गीत
साठ साल में भी स्फूर्ति भरी
कोई न सुनने-सा वह पुकारती है
चलो, कूद जायें सन्ध्या तारा के उस पार
इस दिशा शून्य निराकार आकाश में।

□□

अन्ना अख्मातोवा के लिए

साठ साल की उम्र
एक कवि ने स्टोव जलाकर
एक-एक करके कविताओं को
जलाकर राख कर दिया
एकमात्र बेटा उसका सड़ता रहा कारागार में
वो तुम्हीं हो ना?

सोलह साल, छब्बीस साल की उम्र में
मैं भी दफनाया करती थी अपनी कविताएँ
सीने में उठते अपने विरोध
अपनी परेशानियों को
जलते आवेगों को दफनाकर
पोत देती थी फर्श
ताकि सुराग न मिल पाये
किसी हत्यारे को।

हत्यारा कभी तथाकथित अपना
तो कभी पराया।

एक के बाद एक
तीन विवाह किये तुमने
फिर भी मर्यादा नहीं बच पायी
तुम्हारे नारीत्व की—

तुम्हारे स्वर की पोशाक बदलने का
मन बनाया था कभी मैंने
रंग और ध्वनियों से आँक देती तुम्हारी तसवीर
भारतीय पोशाक पहना देती यत्न से
किन्तु दपदपाने लगीं ईर्ष्यालुओं की आँखें
तुम्हें और मुझे नहीं होने दिया एक–

तुमने तो पतियों को झेला है
झेला है प्रेमियों को भी
जानती होगी जरूर तुम
एक कवयित्री के लिए
इन दोनों से अधिक ईर्ष्यालु
और कोई नहीं होता।

स्थान, काल भिन्न होने पर भी
लगता है, तुम एक भारतीय नारी हो
और मैं हूँ एक रूसी नारी
वरना, कहो तो तुम्हारे और मेरे बीच
इतनी अधिक समानता
भला कैसे सम्भव थी!

❑❑

माँ के जाने का समय

बारिश के पानी से लबालब कुंड-सा
दुख उतरा रहा है
आँसू की एक बूँद चिपकी है गाल पर
चमक रही है रोशनी से
हमारी माँ कभी सबसे प्रिय थी हमें
गाजर जैसी टाँगें उसकी
सूखते झरने जैसी बाँहें
बित्ते भर खिचड़ी बाल
बेर-सी आँखों में उसकी
पोत दी है किसी ने राख।

उसके बेटा-बेटी
स्थिर निर्दिष्ट चाँद और सूरज हैं उसके
तकिया से टिकी है
उसकी क्षीण काया।

बड़ी बहू की तीखी बातें
"हमारी उम्र हो चली
नहीं सँभाल सकते हम उनको
मल-मूत्र-खून-मवाद रिसता है
छोटा बेटा भी तो है"
हीरे का हार चमक रहा गले में बड़ी बहू के
सामने बड़ा बेटा खड़ा है।

क्लर्क की नौकरी की ओट में छोटी बहू
घर-गृहस्थी के जंजाल में थक जाती है साँझ तक
कौन सँभाले माँ का झंझट?
सबसे छोटी पेट पोंछनी बेटी का
मन भर आता है
"सारी दौलत लेंगे बेटे
जरूरत क्या पड़ी है हमें"—
कहा दामाद ने।

अवहेलित अस्त-व्यस्त श्मशान-सी
ताकती रहती है माँ
देह में फैलती जा रही बीमारी
कीड़ा काटता रहता है अन्दर ही अन्दर "कुटुर-कुटुर"
गले में, पेट में, अँतड़ियों में
मानो आँख नहीं, कान नहीं माँ के
तँबीला पत्ता टूटने को है डाल से
दर्द सालता जा रहा है माँ को
भीतर से और बाहर से भी।

□□

वह औरत

ताजी सब्जी-सी
काटती चली जाती थी वह खुद को
शर्बत में निचोड़ देती थी
रसीली देह अपनी
पिला देती थी होंठों तक ले जाकर।

अन्तरात्मा मथ जाती थी
जैसे बड़े तालाब में उठा तूफान
मन्दिर की सीढ़ियाँ बन जाती थी वह खुद
प्रार्थना को जलाये रखती थी
दीये की तरह आँचल की ओट में
विचलित मन
आँखें बोझिल होते ही
टूट जाती है नींद
छोटा-सा ललाट
तेज बुखार
बर्फ रखती जा रही है
झुकी हुई छतें
उन छतों पर
लटकी रहती है
धुँधली चाँदनी रात।

यमराज की देहरी पर बैठी
जना था उसने अँतड़ियाँ फाड़कर
रक्त से सनी एक नयी धुकधुकी

कहीं भी होती
दौड़ी चली आती वह
नन्हे छौने की रुलाई सुन
पेट काट-काटकर खिलाया
पीठ पर ढोया
नहीं चाहा उसने कुछ अपने लिए
डरती थी वह मरने से
कहीं अनाथ न हो जाये छौना उसका।

लौटकर जा रही है वह औरत अब
आज है आखिरी दिन उसका यहाँ
साँसें उसकी हैं तैयार
चली जायेगी अब
बिन नाविक की नाव चढ़
बीच समुद्र में।

निचुड़ी हुई सूखी शिरा-धमनियाँ
सड़ी-गली बोरी-सा गँधाता गर्भकोश
सफेद हाथ-पैर उसके
सनई की लकड़ियों जैसे
मानो अस्पताल की सफेद चादर हो।

खो दिया होश विवेक ने
छुप गये हैं नये लोग
जुटे हैं चूहा दौड़ में
धन-सम्मान जोड़-घटाव में अपने
न फुर्सत होती है,
न होती है इंसानियत उनमें।

❒❒

अफसोस मत करो

'चिरन्तन' लगभग कुछ नहीं होता
सब कुछ पल भर के लिए है
अभी के लिए है
आज के लिए है—
सिर्फ कुछ मिनटों के लिए है।
इसे जकड़कर मत रखो
यह रुकने वाला नहीं।

धर्म है इसका खिसक जाना
धूप की तरह, हवा की तरह
चाँदनी की तरह
हीरे की चमक की तरह
पानी की तरह
उम्र की तरह
पकड़े रहोगे इसे?
ऐसी ज़िद मत करना।

नन्ही-सी धूप, हवा का एक झोंका
एक लकीर चाँदनी
चुल्लू भर पानी
यह छिन-छिन चुकती उम्र
यदि इतना ही हमारा है
तो इन्हें हमेशा सहेजकर रखने के लिए
परेशान मत होना।

इन्हें सहेजकर रखोगे कहाँ?
हृदय में, शीशम के सन्दूक में
हाथ की मुट्ठी में?
क्या ये हमेशा के लिए हैं?

अभी मिला है जितना समेट लो
केतकी फूल का पराग
एकमात्र सत्य-आम
एक मिनट की विह्लता
अभी है, अभी नहीं जैसा आलिंगन
सोख लो, लीप लो
गहरी से गहरी
देह-मन की भूमि पर,
देखो,
कमल के पत्ते पर ढुलकती
पानी की इस बूँद को
है कितनी मनोहर।

□□

दिन भर, रात भर

जर्जर दीवारें
झुका-सा सड़ा-गला छप्पर
बसायी थी गृहस्थी अपनी
शाल वृक्ष के खूँटे तो न थे
थे, कुकुरमुत्ते उगे बाँस।

पकाने खाने का
नहीं था ठौर-ठिकाना
आधी-अधूरी थी गृहस्थी
न था समर्पण ऐच्छिक
थी सिर्फ जरूरत।

कॉपी कविता
नन्ही चिड़ियों के डैने
कहानी-गीत
आगत भविष्य
वाग्देवी की आराधना
सुन्दर शरीर का आलाप
सब कुछ अति गोपनीय था।

इधर मेरा क्षणों का
युगों का जीवन
वीणा की तान से मुखर
गायन से कुतूहल!

हित-अहित ज्ञानशून्य
यह ब्रह्म राक्षस, तूफान
दहाड़ता चला आया
उघाड़ गया छप्पर-कंकाल
एकमात्र पहनी साड़ी उड़ा ले गया
अद्भुत कर गया
मेरा मटमैला शरीर।
तूफान के दिमाग कहाँ कि समझ पाता
चकनाचूर कर गया तसवीर
मेरे मृत पति की।

उसके बाद नंग-धड़ंग मैं
ढूँढ़ रही हूँ एक कोटर अब
जिसके भीतर टिककर
डूबी रहूँगी
नादमय आवेश में
दिन भर, रात भर...

□□

आखिरी दिनों का बसेरा

दिन का आखिरी प्रकाश
धीमा और चंचल,
पल भर बचा है
तब भी जरूरत है एक घर की
नर्म-मुलायम सेज की।

भले ही हो वह घर
पेड़ का कोटर, खेत की पगडंडियों की बाँबी
और कीचड़ का अँधेरा,
क्यों न हो
उजाड़ कोठी की अलमारी
या पतले बाँस में नीड़
या फिर
सुरक्षित घोंसला
बया का?

दिन ढलते समय
आकाश से रक्त पोंछते-पोंछते
सारी नदी का उज्ज्वल, सुदीर्घ हाथ
काला पड़ जाने पर
घर तलाशने में जुट जाता है कौन?
सुरक्षा, पानी के बुलबुले का?

छप्पर की ओट, लोटा, पखाल-भात
घी की बाती चौरा तले

कँटीला घेरा, मधुमालती के फूल
सोन चिरैया, कजलपाखी
और फिर बिन्दिया, क्रीम, लोशन
आईना
मेरी साड़ी, चूड़ी
मेरी नर्म-मुलायम सेज!
तरह-तरह के जुलूस, कोलाहल
हड़बड़ाहट के बीच
बर्फ की सिल्ली-सी पिघलकर बह जाती मैं
मोगरे की झाड़ियों की ओर
कौआ-कोयल की चोंच में
नवजात शिशुओं की धमनियों में—
स्याही बन उड़िल जाऊँगी
छुपा दूँगी
अनलिखित पंक्तियाँ सारी!

सिर पर छत न हो तो भी
लिखी जाती है कविता
कविता भी मिटा देती है
दर्द, जलन।
फिर भी गोधूलि मँडराने लगने पर
नाना रंगों में, आकारों में
आकाश में
घर ढूँढ़ते समय एक चींटी
नदी पार करने को तैयार होगी।

□□

परी

वह थी
पति की रोज़ाना की जरूरत
मानो बिस्तर की चादर।

बच्चों के डायनिंग टेबुल पर
पसीने से तर-ब-तर उसकी देह,
रीडिंग टेबुल पर पेंसिल की लकीर-सा
मुरझा जाता था समय।

इतने में
न जाने कहाँ से आया
वह पागल मूर्तिकार
बनाई एक मूर्ति उसने
शब्द दर शब्द सजाकर
पकने को तैयार
बेर जैसा रंग
कामिनी-फूल के पत्ते जैसी आँखें
खिलते कमल-सा सुगन्धित वक्ष
लता-सी पतली कमर
फूल-फल का अथाह अम्बार
शब्दों में शब्द जोड़कर जिला दिया–
बीच में जोड़ दिया एक शब्द "मेरी, मेरी"।

"मेरी" लिखते ही
टूट गयी वह मूर्ति।

शायद विषाक्त शब्द है।
विषाक्त तीर,
सिर्फ ईश्वर नहीं
घातक चंगुल में थे उसके
स्थावर और अस्थावर।

मूर्ति के छिन्न-भिन्न
रक्ताक्त अवयवों से
कोई मन्त्रित जल सिंचित हो
निकल आयी परी
डैने उसके काँप रहे हैं
नन्हे शावक जैसे।
कल्पलोक की रूपवती,
माँगा उसने "जगह दो
गृहस्थ, मूर्तिकार, ब्रह्मचारी
मैं परी हूँ
मन्त्र से, संगीत से, सृजन से
सजा दूँगी तुम्हारी गृहस्थली तपस्थली
शिशु के होंठों पर लिख दूँगी
अजीब-सी तुतलाहट
मुझे जगह दो,
आजीवन शून्यचारी नहीं मैं,
मुझे चाहिए माटी, माटी"।
आँख-कान नहीं थे शायद किसी के
अलौकिक है यह जलती फुलझड़ी
उन्होंने समझा यह नंगी आग है।

कभी-कभी वह परी उतर आती है
मेरी छत और आँगन में
छाती और चेतना में,
कहती जाती है
मैं ठहर जाती तुम्हारे अन्दर

यदि बन सकती तुम
हर पल नये सिरे से
जिन्दगी शुरू करने वाली
एक दुस्साहसी नारी।

□□

परी के साथ एक दिन : एक

निष्ठुर है वह, बड़ा निष्ठुर
खिड़की के उस ओर
किसकी हैं ये उसाँसें
कोहरे की लम्बी साड़ी
अँधेरे का केश
कौन हो तुम?
चाँद हो या बेले का इत्र?
सीने में तेज धड़कनें
गीले होंठ, गीले गाल
क्या तुम गवाह हो मेरे आरोपों के?

हाई पावर बल्व-सा सूर्य
कोहरे की ओट में
फिर भी बुझ गयीं आँखें बेटे की
बह गयीं गलकर खून में, राख में—
निर्वस्त्र शव बेटी का झाड़ियों में
जानलेवा झूठ के लिए मुकुट
सन्देह गहरा
चीत्कार, हाहाकार
धमा-धम फूटती दुनिया का।
हाँ, निष्ठुर है वह
सबसे बड़ा आतंकवादी,
तर्कहीन अवान्तर।

ये जो घर है मेरा
ताक की ताक लापरवाहियों

ढुलमुल आँसुओं से गढ़ा
इस गहरे घर का रास्ता
तुम्हें कैसे मिला?
इतनी कठिनाइयों के बावजूद
अमौरियाँ झूलती हैं
मेरे गोबरलिपे आँगन में
मुट्ठी भर भात, चम्मच भर मुस्कान
आँख भर साहस, एकाध बातें शहद-सी।

कभी-कभी नदी के अधभूले गीत का स्वर
धुले चन्दन की माटी
कपोतरंगी आकाश मेरा,
क्षण-क्षण दुनिया भर की दुर्दशाएँ
घुस आती हैं फिर भी–
तुम्हारे चाँदनी जैसे पंख
चेहरा मोतियों का दर्पण
पंक्ति भर सपना अब भी
चमक उठता है तुममें,
मत बैठो तुम यहाँ
प्लीज मत रुको यहाँ।

अब आकर उठाया सिर तुमने
ओ परी! तुम्हारी दृष्टि में है
पट्टचित्र की कारीगरी!

पकड़ लिया हाथ तुमने,
देखो तो
कितने निशान हैं मेरे बदन पर
छाती में धधकती आग–
उसने ही बताया है पता तुम्हारा।
कोटि-कोटि अन्धी आँखें
टूटे हाथ-पैर

आहतों की, जीवितों की
सारी यन्त्रणाएँ
सब बिद्ध हैं उसके हृदय में
विश्वास करो सखी,
बहुत लाचार है वह
उसे निष्ठुर मत कहो।

□□

परी के साथ एक दिन : दो

शीशे से बना बदन तेरा
सपना ही तेरा अभ्यन्तर
क्या फर्क पड़ता है तुमको
हो जाये खंड-खंड लाखों शरीर
तुम रहो आयुष्मती
लो हर बार जन्म
हर इंसान के साथ
जामुन-सी मेरी आँखों में
भूख-सी समा गयी तुम
मृत बच्चे जननेवाली माँएँ
आज कितनी बेफ़िक्र हैं
नहीं रोना उन्हें छाती पीट-पीट
मरे बच्चे भी कितने खुशनसीब
चतुराई से बच गये सभी
मुँह से ग्रेनेड के
और टूटे फूटे हाथ-पैरों से।

परी-परी क्या सचमुच छुटकारा नहीं कोई
इस हिंसा और खून-खराबे से?
हिंसा के तूफान के सम्मुख
एक भुकभुकाती लालटेन है मानव
ट्रेन के जलते हेड-लाइट-सा
धातु से बना चाँद—
अधजला जंगल—

परी-परी फिर कब जागेगा जीवन?
न होंगे खत्म रेशमी धागों से गुँथे
सपने तमाम दिन-रातों के?
पकड़ लिया तुमने हाथ मेरा,
"सीने में मेरे रखो तो हाथ
किस तरह हो गया दो टूक
एक में आग दूसरे में छल-छल पानी
एक में बच्चे के कुँआ-कुँआ का स्वर
तो दूसरे में मौत-सी ठिठुरन।
खून से सने फटे चीथड़ों-से बिखरे
इस दुनिया में देखो
चला रहा है हाथ-पैर
नवजात शिशु-सा सूर्य
चलो, बुला लायें उसे,
छुड़ा लाये आकाश-गंगा से नदियाँ सहस्र
धो डालें राख खून हर दिशा की
सहला दें, सारे बीजों के लाज-भय
कुरेदें चलो—
वृक्ष के लिए मानव के लिए
रख लें सँभालकर
अँजुलीभर पानी कम से कम
चलो, कुछ कर जायें
मिल-जुलकर
तुम और मैं
कर जायें काफी कुछ
ब्रह्म से पतंगा तक
काफी कुछ पकड़ें
पकड़ते-पकड़ते ही मर जायें—
चलो-चलो।"

□□

मर चुका है वह...

ढहना और टूट जाना
ठीक मर जाने-सा है
छुटकारा नहीं उससे
कर लें चाहे जितना जतन।

भुवनेश्वर के अधटूटे मन्दिर के बेढ़े पर
ढलने लगी है साँझ चुपचाप
पल में रीत जाता है कोई वहाँ
क्या सचमुच था कोई
कभी नहीं रहा होगा वह
यदि आज नहीं
कहाँ हैं सबूत इस बात का?

कभी ईर्ष्या, कभी द्वेष, तो कभी लोभ
तोड़ डालता है सब कुछ
प्राणी हो, वस्तु हो या हो भाव।

बादल के टुकड़े को समझकर द्वार
खोल देता है चाँद
झुककर पूछता है
एक आलोकवर्ष में ये जो है
कोटि-कोटि ढहना और टूट जाना
कैसे करें विश्वास समय का?

सूत भर दूरी
यदि नहीं थी उस दिन
एक विशाल रेगिस्तान
दारुण परिहास कैसे फैल गया हमारे बीच
कोई इस पार तो कोई उस पार।

प्याज के छिलके-सी
पतली झुर्रियोंदार चमड़ी
उम्र की,
चाकू-सी शून्य को भेदती चीत्कार
मरी चिड़िया-सा लटका लेटर बॉक्स
जहरीले धुएँ से भरा टेलीफोन
विवस्त्र होने से भी कहीं अधिक एक लाज
एक अँधेरे कमरे से
दूसरे अँधेरे में जाते शब्द
पराजित कर देते हैं मुझे—

विश्वास नहीं होता मुझे
मर चुका है वह।

□□

सहेज नहीं पायी

पकड़ में नहीं आती वह
फिर भी आधी रात तक
सजाती रही उसे
नयी नवेली के रूप में
ताकि मोह ले वह सभी को।

वह तो नहीं समझ पायी कि
दसों दिशाएँ खींच ले जाती हैं मुझे
एक रोटी की तरह
दस भाग, दस टुकड़े हो जाती हूँ मैं
कहाँ रखूँ उसे सहेजकर
जग ढूँढ़ती हूँ
क्या मन जैसा कहीं कुछ होता है?
अलमारी, बक्सा या सन्दूक
या कम्प्यूटर जैसा कुछ
जहाँ उसे सहेजकर रख सकूँ?

हृदय में भी जगह कहाँ
हाथ भर लम्बा, बित्ते भर ऊँचा
आधा बित्ता चौड़ा
उसी में ठुँसे हैं
हृतपिंड, फेफड़े, रक्त-मांस
क्या सूत भर भी जगह बची है कहीं
सहेजने के लिए
उस एक कम लाख पंक्तियों को?

उसका छिपे रहना ही ठीक है
मेरा उसे खोकर
सौ भाग सौ टुकड़े
हो जाना और भी सच है
मेरे मन-हृदय में जगह ही कहाँ
मैं तो सिर पटककर रो भी नहीं सकी
न उसे सहेज पायी
ना ही सँभालकर रख पायी।

❑❑

फेंका नहीं जाता

कुछ भी फेंककर नहीं जाया जाता।
यहाँ तक कि
मोती निकालकर
तोड़ी हुई सीपी भी।

हाथ पकड़कर साथ चलती
राजकुमारी को छोड़कर
नहीं जाया जाता जंगल
आधे वस्त्र में,
वरना करना पड़ता है प्रायश्चित्त
मुँह छिपाकर घुड़साल में।

कोई भी रिश्ता तोड़ा नहीं जाता
शत्रु भी याद आता है
बार-बार
एक खिंचाव
एक आकर्षण
होता है शत्रुता का भी।

यहाँ तक कि फल से डंठल तोड़कर
नहीं फेंका जाता
यहाँ-वहाँ
फेंकने और रख जाने की
एक निश्चित जगह होती है,

इसीलिए
आम की गुठली फेंकी जाती है
खाद की ढेरी पर
इधर-उधर नहीं।

लेकिन जिस तरह तुमने मुझे
अचानक धक्का देकर
फेंक दिया गोद से
बीच रास्ते पर–
नहीं फेंक सकता इंसान
उस तरह
अपने शत्रु को भी।

□□

अन्य समय

शब्द चकरघिन्नी खेलते हैं
पास नहीं फटकते बिल्कुल
मानो मैं मर चुकी हूँ कब की।

कहीं की कुछ संवेदना
आपसी रिश्तों का लेन-देन
चहला देता है अकेलेपन को
अब लौट आयी हूँ मैं
सिर्फ अपने पास।

कई बार गरज चुकी है आँधी
टूट चुका है आस्था-विश्वास का महावृक्ष
बह रहे हैं असंख्य हाहाकार और आँसू
पर छुप जाता है असुर
डोल उठते हैं स्वर्ग, मर्त्य, पाताल,
फिर भी जन्म लेता है शिशु,
ताज़े टमाटर-सा लाल,
कागिनी फूल की सुगन्ध से
महक उठती है सुबह।

विवेक अपाहिज हो चुका है
स्वार्थ से, अन्धे तर्कों से,
स्नेह, स्वेद से भर चुकी है
पर्वत-सी असहायता
इस आखिरी समय में।

महाशून्य को मुट्ठी में भरकर
चला जा रहा है कोई
किसी के डग रखने तक की जगह नहीं
कोई कहता है पृथ्वी "माया-मंडल" है।

बारिश उड़ेल देने के बाद
सिलेटी बादल,
सारा पानी उड़ेलने के बाद
इस्पात रंग की नदी,
जमीन पर बरस जाने के बाद
लोटते फक्क-सफेद हरसिंगार
सिन्दूरी आम झाड़ देने के बाद पेड़
खत्म नहीं हो पाते यहीं
इन्तजार करने लगते हैं
आगामी ऋतु का फिर से—

बहुत प्रपंची है यह धूप,
यह रास्ता-घाट
यह पानी का लोटा,
चाय का कप, यह खाट-बिछौना
धोखेबाज है यह वास्तविकता।

अभी तो सिर टिका रखा है
उसके कन्धे पर
छूटकर भागने लगी है बेपरवाह
चरम सत्य की निष्ठुरता।

होश नहीं तुम्हें
कल होगा या नहीं उसका चेहरा
उसकी प्रासंगिकता।

□□

स्वर्ण हिरण

जानती हूँ
हम जो कह न सके
उसकी तुलना में जो भी कुछ कहा है
कितना तुच्छ और वृथा है।
आदिकवि सारलादास की एक पंक्ति की तुलना में
मेरे सौ जनमों का गीत कुछ भी नहीं,
न जाने कब का खो चुका है हमारा चाँद
नारियल के पत्तों की साँस से
फिसल गया है,
फिसल गया है कभी
रेड़ाखोल जंगल के बीच आकाश से
शायद उसे उठा ले गया बाघ
आज कल खिड़की के पास
टिका नहीं रहता चाँद
वह टिका न हो तो
ढेरों बातें होने पर भी
कहीं नहीं जाती एक पंक्ति तक।
यदि न पलटी जीभ
तो क्या सीना फाड़कर दिखाया जा सकता है?

खामोशी की हीरक-वेदना
भला मुखर होने पर भोगी जा सकती है?

खामोशी और मुखरता के बीच
कागज-सा घना कोहरा

छाया रहता है
नाहक ही हम लिखते रहते हैं
हड़बड़ी में...डरे सहमे।
सिर्फ टेबुल लैम्प ही हमें बुलाता रहता है
खींचता रहता है
लगता है, मानो हो वह स्वर्ग हिरण का पैर।

□□

सामने आ गये तो

कल तक
खून-पसीना एक करके
राह तकती बैठी रहा करती थी जो
समझ चुकी है कि
कितना असंगत है यह
"मेरा-मेरा" कहना।

उस दिन का किशोर
मुस्कराकर पूछ रहा है
मेरे लिए नहीं बचा रखा कुछ?

सुबह कूद पड़ी थी धूप
गूलर के पेड़ पर लदे थे फल
सस्ती साड़ी की गोद
लाड़-दुलार से सराबोर।

गढ़ैयों में थक्के-थक्के मेढ़की के अंडे
भात है तो कपड़ा नहीं,
लता बढ़ने लगी थी
पसरने लगी थीं धान की बालियाँ,
सफेद कमल की तरह
बैठे थे बगुले पूरे खेत में।

मर चुकी उस आत्मीया ने कहा

"लिपटी पड़ी हो किस चीज से
झूठी माया"—

बड़ा भयावह सच है यह।
एक बार सवार हो गया तो मार सकता है,
सच सापेक्ष है, सच आंशिक है
धातु की मूर्ति खड़ी
मुस्करा रही है राह में।
सीना फट जाता है, टूक-टूक हो जाता है
सच सामने आ जाने पर।

❐❐

अन्त में

तुम्हें रोना नहीं आता।
कौन जाने, आता भी है या नहीं
पर मैंने नहीं देखा कभी तुम्हारा रोना।

कल्पना में, कविता में लिखती हूँ
तुम रो सकते हो
क्योंकि रो नहीं पाना एक बड़ी समस्या है
पर मैं रोती हूँ
रोती हूँ चुपचाप अँधेरे में
आधी रात में,
किवाड़ बन्द करके अकेले में
दीवार पर सिर टकरा-टकराकर
फर्श पर लोट-लोटकर
छाती में मुक्के मार-मारकर रोती हूँ–

बढ़ रहे पेड़
आतंकियों की कुल्हाड़ी की चोट से
रास्तो में लोट गये
वनवासियों के चाल-चूल्हे
साफ हो गये आग की लपलपाती जीभ से,
मिट्टी का पेट खोदकर
लोहा, सोना या पन्ना
लूट ले गये व्यापारी
अचानक लूले-लँगड़े हो गये पथचारी
कराह भरे मेरे हाहाकार,

आँसू नहीं निकलते
दिखाई न देने पर भी
खून रिसता है
मैं भी चीख-चीखकर रो सकती हूँ
माँ भाई के लिए,
बच्चों के लिए
सबके सामने।
फिर भी भर आते हैं आँसू एकान्त में
तुम्हारी याद आने पर।

मेरा पहले जाना तय है
तुम बैठे रहोगे
मैं निकल जाऊँगी।
आँखें मेरी खुली होंगी या बन्द
कह नहीं सकती,
फिर भी ललाट दिखता होगा
जैसे पुताई के लिए एक हथेली जंगली-माटी
काश! तुम्हारे आँसू का एक बूँद
टपक जाता वहीं उस माटी पर।

❑❑

नहीं चाहिए

क्या स्वर्ग है?
महाशून्य, ग्रह-नक्षत्र, छाया पथ
हर जगह
शक्तिशाली निगल जाता है असक्त को—

यदि कुछ है
तो यहीं है
है एक-दूसरे को चाहना
है लोभ
जल रहा है घी का दीया
त्याग है, है प्रत्याशा
कोटि-कोटि प्राणशक्ति से
झिलमिलाती पृथ्वी है
तुम हो, मैं भी हूँ।

प्रताड़ना, हताशा हैं
कुरेद-कुरेदकर खानेवाले ज़ख्म हैं
दुर्घटना, दुर्विपाक हैं
हैं बीमारी और कीड़े
हैं सिहरन, आवेग की कलियाँ।

हमारा एक-दूसरे के लिए तड़पना
होंठों का स्वाद चखना
हल्की पतंग का पेड़ से गिर पड़ना
किशलयी रंग की चिड़ियों का गीत गाना

महारण्य का फुसफुसाकर कह देना
एक बात कानों में,
झरने का आँखों में रहस्य घोलना
सब कुछ घटित होता है यहीं
छिन-छिन नयी नारी के रूप में
आलिंगन करती है
सर्वसुन्दरी माटी।

स्वर्ग हो तो हो
नहीं चाहिए उसे।

❑❑

कौन पढ़ेगा

कितना वजन है स्याही-कलम का
जीवन भर इन्हें ढोती रही!

बाल की तरह काले कागज का पन्ना
निगलता चला जा रहा है सब
भीतरी स्वर पहचान नहीं पाता
अभिव्यक्त करने की झोंक
कलेजे को चीरती चली जा रही है।

कर्कश दृष्टि और चरित्र
पसरते चले जा रहे हैं चारों ओर
आखिर कौन सुनेगा
तुम्हारी छुपी हुई वह बात!

उस दिन सीपी जितना बड़ा
पके नीबू के रंग का पक्षी
पक्षी नहीं पीला गुलाब
अपनी नन्ही गर्दन घुमा-घुमाकर
ढूँढ़ रहा था किसी को
बाँसुरी के दबे-दबे स्वर में
पकड़ में आ जाती थी
उसकी आँखों की सारी गोपनीयता।

उसने कहा नहीं कुछ
कह नहीं पायी मैं भी

कितना चाहती थी उसे।

शब्दों में कह नहीं सकती जो कुछ
शायद वही प्यार है
सबसे छीनकर ले आता है जो
शायद वही प्यार है।
कुछ भी समझने को तैयार नहीं जो
शायद वही प्यार है।

हृदय से केनाल की नील कुमुदिनी तक
पसरा है जो अवर्णनीय सेतु
शायद वही प्यार है।
दूर उपत्यका की सीमा पर
पसरी है जो कोहरे की लकीर
शायद वही प्यार है।

शायद बाल की तरह काले
उस कागज के पन्ने पर
किसी दिन खिल उठेंगे अक्षर
पढ़ने को हम दोनों नहीं होंगे।

□□

अकाल

काले हों या सिलेटी
या हों ताजे मक्खनिया
सभी बादल नहीं बरसते
हमारी कहावतों को
झुठला देती है हवा की रफ्तार।

कटहल के पत्तों पर दीप जलते
सूर्य जलाता
यदि बीती रात
बारिश हुई होती मूसलाधार—

पुआल के रंग की घास
छुप गयी है हरियाली उसकी
धान के खेत से नदारत है बगुले का झुंड
भादों में यह कैसा अकाल!

अभी कहा था हमने, अभी भूल गये
उद्देश्य और लक्ष्य
बदलते हैं हम बार-बार,
आवारा कुत्ते के बच्चे को
मुट्ठी भर जूठन
लावारिस इंसान के बच्चे को
एक कटोरी भात
दे नहीं सकते हम

न सोचते हैं किसी के लिए हम–
न तड़पते हैं–

भावनाएँ गिनते हैं हम
सजा लेते हैं उन्हें ताकों में
कौन है लाभदायी कौन नहीं,
सोचते और तौलते हैं हम
कौन है सयाना सौदागर।

कितने हिसाबी हैं हम
स्वार्थ को मिल जाता है शरीर
नंगा शरीर
अपना नंगापन ढँकने के लिए
झाड़ियों में घुस जाने पर भी
नहीं मिलता एक पत्ता तक।

जंगल की सीमा पर है
जहरीली मधुमक्खियों की भीड़,
अन्दर टुपटाप गिरते हैं शाल के फूल
किस राजमहल की दीवारें हैं ये
कंक्रीट के रंग की?
मुझे लगता है
यही है मेरा आखिरी वक्त।

□□

अन्त तक

कह नहीं पाऊँगी किसी से।

दो-एक बातें
तैर रही हैं मेरी धमनियों में
सारे शून्य में उड़ती फिर रही है स्वर्ण-रेणु
डालों पर उग आयी हैं
सहस्र कोंपलें
कभी-कभी गौरैया घुस आती है कमरे में
चोंच मारती है आईने में—
खुशी को बाँटना जो होता है!

बताई होती तुमसे पर
इतनी दौड़-भाग झंझटों के बीच
मेरे लिए समय होगा तुम्हारे पास!
मैं हँसी या रोयी या
ठोकर खाकर गिर पड़ी
उससे किसी को क्या
पर बिना कहे बाँटी जो नहीं जाती!

क्या आधी रात के विदीर्ण अँधेरे को कह दूँ?
पर कड़कती बिजली की कौंध से डर गया
पेड़ की सन्धि में बैठ वह अँधेरा।

शुक्र तारा तो यहाँ कहीं दिख नहीं रहा

नाच रहा होगा कहीं जंगल किनारे
तो क्या बुला लाऊँ उसे—
दिख भी तो नहीं रहे वे लोग कहीं
जो थे मेरे आस-पास।

सूखे खेत की तरह
उखड़ा-उखड़ा-सा होने लगा है मेरा अन्तर
इस छोर से उस छोर तक का आकाश और छायापथ
क्या हिसाब रखते हैं इंसान का?
उसके भले-बुरे या दुख-सुख का?

पूरी दुनिया के खेत, जंगल, खान-खदानों का
बँटवारा करके डकार चुके षड्‌यन्त्रकारियों से
क्या कही जा सकती हैं ये बातें?

शंख-रंग की कुमुदिनी
झील के बीच दिन गिन रही है
किस दिन आकर गिरेगा
मलवा उसके सिर पर तोड़े गये पहाड़ों का
उसका मूड कहाँ, जो वह सुनेगी?

न सुने कोई
जा रही हूँ मैं
माटी कोड़कर गाड़ दूँगी
वे बातें
जड़ें निकलेंगी, कोंपलें फूटेंगी।

□□

पेड़

एक पौधा
जिसके लिए रात भर आँसू बहते रहे
नन्ही-नन्ही आँखों से मेरी
हाल ही में फले पेड़ की डाल में लटकना
गीत गुनगुनाना
फिर रिफ्यूजी की तरह
पेड़ के नीचे घर बनाना
उसका पत्ता अँगुलियों से नापना
बालों से क्लिप निकालकर
उस पर अपना नाम लिखना।

ताजी उम्र में
माया जिसकी छा गयी थी
आवेग-आकाश में मेरे
उस पेड़ के तने को
दोनों बाँहों में भरकर
अपने गालों को सहलाया करती थी मैं,
आम के बौर की सुगन्ध से
सराबोर हो जाया करती थी।

उस दिन शाम को
पेड़ के नीचे खड़े थे
मेरे अनमोल रतन तुम,
हवा में पत्तों-सी
डोल रही थीं पलकें तुम्हारी।

खड़ा था—उस दिन शाम को
आधी रात को, सुबह हर वक्त
वह पेड़ आज रूठा बैठा है
बन्द है दरवाजा तुम्हारा
भरी-पूरी गृहस्थी में तुम्हारी
तलाशता है थोड़ी-सी जगह वह अपने लिए।

चाहना और स्वार्थी बनना
शायद एक ही बात है
साथ-साथ बढ़ते हैं ये
पेड़ की तरह, तुम्हारी तरह, मेरी तरह
फूल खिलता है, फलता है, मरता है।
कोई चाकू मारता है तो कोई कुल्हाड़ी
वरना दुर्घटना या आँधी-तूफान।

जो कुछ तत्काल मेरे काम का नहीं
वह मर जाये
कल की बात नहीं सोचता इंसान
पेड़ को मूक बना देता है,
यदि यह सच है तो
उस दिन बरसात-सा झर-झर आँसू,
उसके सुन्दर सजीव देह से
बँधी देह मेरी,
वह कुछ कहे
सिर्फ इतनी-सी उत्कंठा है मेरी
तब से अब तक।
यह सब क्या है?

□□

सर्जना

मत आओ पास मेरे, प्लीज़,
चले जाओ यहाँ से
यहाँ मैं हूँ, शब्द :
या फिर विशाल पत्थर-सी,
खल-खल प्रवाह में
बह जाने दो मुझे...चारों ओर अपने।

बहकर शेष हो जाऊँगा अभी मैं
समुद्र में मिलूँगा या नदी में
खाली हो जाऊँगा या भर जाऊँगा
मटके-सा टूट भी सकता हूँ,
लौटकर जा भी सकता हूँ माटी में
सुखा सकता हूँ
तुम्हारी कलम, तुम्हारी छाती।

पर तुम मत आओ मेरे पास
आधी रात में
लगभग उन्मादिनी भरे वेश में।
मत ढूँढ़ो मुझे
मत सोचो मैं छोड़ आया हूँ तुम्हें।

तुम्हारे अदृश्य होते ही
मैं दिख जाऊँगा—
मेरी खींचातानी मत करो,

वरना याद रखो
मैं हरगिज़ पकड़ में नहीं आऊँगा।

कलमी पेड़ से
जड़ और टहनी साथ-साथ निकलने-सा
तुम और मैं निकल पड़े
शब्दों की पंक्ति में
हमेशा के लिए।

हुँह, हमेशा के लिए!
हँस रही हो तुम!
कविता के लिए भला चिरकाल कैसा
अभी यहाँ है
तो अभी यहाँ नहीं,
यही है उसका नसीब—
कहाँ है, किधर है
उसका चिरजीवन?

□□

अभिषेक

चींटे के रंग-सा अँधेरा।
रिक्शा, घने पेड़ों द्वारा स्वागत
हम आत्मविभोर
वर्षा धूम रही थी धुर्मुस
रक्त था गर्म
न था भीगने का डर।

अब कटे पेड़, टूटी लताएँ
ढेरों गोला-बारूद, आतंक
महामारी की खिलखिलाती हँसी
बुझाये गये दीये की
लकीर जैसे धुएँ-सा अतीत,
मन में उदासी
कैसा है हमारा भविष्य?

तुम्हारे या मेरे लिए
नहीं है ठौर
कहाँ जायेंगे हम?

मेरी इच्छा है
तुम्हारे शयन-कक्ष की खिड़की के बाहर
बन जाऊँ एक नीबू का पेड़
हवा में मदमस्त सुगन्ध बिखेर दूँ
फैल जाये वह दुनिया भर में
हो सकता है घेर ले तुम्हें भी।

जबकि नीबू का पत्ता,
फूलों की सुगन्ध, रस
जिसने भोगा है वही जानता है
मैं जानती हूँ, तुम जानते हो।

यदि ऐसा नहीं हुआ
तुम्हारे गेट के किनारे
बन जाऊँगी नारियल पेड़ का चँवर
आधे नंगे मक्के के बीजों की तरह
डोल रही होऊँगी दो-चार परतों में
मानो सोने का पत्तीदार हार हो!

नारियल पेड़ की छाया होती है
मनहारी
सुन्दर होता है फूल, रसदार फल
उसके पत्तों के किनारे-किनारे
चाँद को कटते जाते
देखा है मैंने, तुमने भी देखा है!
कितना लुभावना होता है!

लेकिन
कहीं तुम्हारा ठिकाना तो हो!
यदि कहीं पा भी जाओ ठौर
और
मैं जान न पाऊँ—
तब तो लाचार हूँ!

□□

भंडार-घर

सँवार कर रखे
भंडार-घर में
राक्षस-चूहा बस गया है
खाने में जुटा है अमाप-शस्य
अबकी खाली हो जायेगा भंडार
डरपोक आदमी
घर की रखवाली करने बैठा है
चूहे से बहुत डरता है
मुट्‌ठी भर धान कभी
हाथ बढ़ाकर दिया नहीं किसी को
बीवी-बच्चे उसके कंकाल बन गये
मित्र-कुटुम्ब कोई है या नहीं कौन जाने
पर वह खुद चिकना-तन्दुरुस्त है
असह्य राक्षस के साथ
उसका कोई अन्दरूनी समझौता है
तभी डरता है निकालने को उसे
एक बड़े कोयले-सा है वह राक्षस-चूहा
सीसे-सी है उसकी लार
और इधर डरपोक आदमी का
पीला ग्रेनाइट-हृदय
उफ्फ, कैसा समन्वय है।

वह दूत भेजता है
राक्षस-चूहे को कोई तो सँभालो

"भीतर ही भीतर खुश होते हैं दूत
यह तो होना ही था हुआ
ध्वंस हो जाये
उस डरपोक का घर।''

खोखले धान चिपके हुए
सब देख-सुनकर
निर्वाक् रह जाती हूँ मैं, बुत-सी
दर्द बढ़ता चला जाता है सीने में
न होती है थाह, न किनारा–
बेटी से कहती हूँ, ''सुन्दरी
मान नहीं रख सकी तेरा
पुरुष को पिघला सकती हूँ
पर डरपोक को दूर से सलाम"।

साँझ घिर आयी
स्याही और रक्त मिले रंग-सी
देख तो रही है
चीरकर टुकड़े-टुकड़े मेरी साड़ी
पल्लू से बिखरने लगती है
कतार दर कतार कविता
समय उड़ता चला जा रहा है
गुमसुम है नभ-मंडल
कसी हुई मुट्ठी मेरी काँपने लगती है
सुन्दरी, मुझे माफ कर दो।

□□

काँपते धुएँ में

धुएँ में, कोहरे में, काँपते पानी में
कुछ दिख जाता है?
ठीक से पहचानते-पहचानते गायब
क्या वह तुम हो
क्या तुम इतनी दूर के हो
पूर्वजन्म के
अभी कल ही तो
बेमौसम बिजली-सी
रोम-रोम में सिहरन मेरी
आँखों में चाँद और सूरज
मन में किशोरी का मखमल
बार-बार टूटते-बनते
जी रहे सपने,
प्रतीक्षा उत्कंठा नाच
सब कुछ था, पर कुछ नहीं बचा।

पर्वत दर पर्वत अन्यमनस्कता में
क्या दबा हुआ है मेरा माथा-मणि?
मछली के खुले मुँह में
क्या लापरवाही से खो गयी मेरी अमानत?
हिसाबी लोगों का जोड़-घटाव
और जबर्दस्त अधिकार ने
क्या खोंस लिया मेरे शब्दों के सीने से खून?

दुनिया भर की नफरतों ने मिलकर
क्या छीट दिए हैं मुट्ठी भर मन्त्रित धूल?
तुम और मैं तो
हमेशा वीणा के दो तार हैं,
वादा था—

कोई किसी को छुए बिना
एक तान में बज उठेंगे,
मेदिनी की असह्य वेदना
आकाशगंगा की ओर उछालकर
हल्के हो जायेंगे।

□□

अनकही

कह गयी होती मैं
तैयार नहीं हुई वह
पोशाक पहन पायी शब्दों की
तभी तो न्यारी है वह
लाखों उच्चरित शब्दों से।

रुक गयी आकर वह गले में
जम गयी पत्थर-सी
उधर ध्यान नहीं सूर्य का,

रथ दौड़ रही है आकाश में
इस छोर से उस छोर
हिरण के कान-सी
ईश्वर के पाँव-सी
पश्चिम की लाली।

क्या कुछ बोला था
किससे, क्यों
खो चुके हैं सब कुछ याद नहीं–
इतने शोर-शराबे में भी
वह अनकही बात
जम जाती है
ढीठ पत्थर-सी

कभी गले में तो
कभी धड़कती छाती में
रक्त के प्रवाह में तैरती है
वह ज़िन्दा है।

अनकही बात शायद
हो जाती है अमर।

▢▢

संवाद

पेड़-पौधों के न जाने मैंने
कितने नाम दिये हैं
आम, कटहल, ककड़ी, अमरूद
गेंदा, गुलाब, चम्पा, चमेली
मेरा भी तो कोई नाम रखा होगा उन्होंने।

हम साथ-साथ चल रहे हैं
पर एक-दूसरे का कुशलक्षेम नहीं पूछ रहे
मौसम नक्षत्र नियम कानून आँधी-तूफान
हमारी बहुत-सी बातें मिलती-जुलती हैं,
अपनी-अपनी तरह से
एक-दूसरे को समझने की क्षमता है हममें
जैसे कि भीषण तूफान में
लगातार कई दिनों तक
मैं अँधेरे को टटोलते समय
आँगन का कदम्ब फटकर दो फाड़ हो गया।

उन्हें याद होगा शायद
नन्ही-नन्ही आँखों से मेरी
बहे हैं आँसू झर-झर
बड़े जतन से लगाया गेंदे का पौधा
पैरों से कुचल गया कोई।

और कई बार
हल्दी चुपड़ी बाँहों में अपनी

भर ली है मैंने
आम के पेड़ का नव-युवा बदन,
अकेली साँझ को
छुए हैं मैंने होंठ
तारों जैसे खिले
ताजे तुरई फूलों के,
पर कैसे दिखाई जा सकती हैं
सीने की धड़कनें?
क्या मेरे तमाम अन्तर्मुखी संवाद
याद होंगे उन्हें?

आपाधापी मची है इस जीवन में
उनसे निहायत जरूरी मेरा यह संवाद
कब शुरू होगा?
कब हम एक-दूसरे को पूरी तरह समझ सकेंगे?

□□

जलती नहीं, बुझती नहीं

यहाँ पाइन के घने जंगल में
गोद भर कुहासा है
लगता है
एक समुद्र सिहराकर पुकारता है
दिखता नहीं, सुन पड़ता है।

बटन-सी मेरी दो आँखें...
न महक है न आँच
चिन्दी भर धूप
चाँदनी की एक धार
चुटकी भर विपुलता
ब्रह्मांड के सम्मुख
चींटी की क्षमता
महापर्वत पर
टीप भर अँधेरा
ऋषिकंठ की नीरवता।

बटन-सी मेरी आँखें
तब भी न जलती हैं, न बुझती हैं
न जाने किसी लोभ से
यहाँ से 'नहीं जायेंगी' 'नहीं जायेंगी' कहती हैं।

□□

गंगा

पीन पयोधर तोड़ निकल आयी मैं
खिल-खिलाकर कूदती-फलाँगती
कूद पड़ी
मेरी प्रखरता देख
पहाड़ों, जंगलों ने राह छोड़ दिया
भयभीत हो,
मैं तो नव-यौवना नारी
पसरने लगी फैलने लगी...
जड़ी-बूटियों की मोदक महक
घना अँधेरा
निस्तब्ध चारों ओर
तारे बादल चाँद-सूर्य का मुख
दबोच लिया छाती में
दौड़ी भागी घर-द्वार छोड़ आयी पीछे
मूल से दूर और दूर
पर किसके लिए यह अभिसार?

स्वच्छ मधुर जल
प्राण का बीजमन्त्र
चुल्लू भर पानी में
पूरे ब्रह्मांड की धड़कनें
होंठों में, जड़ों में, चोंच में, मुँह में
समाने लगी मैं लगातार,
उर्वरा मैं
दूध की धार, शहद की धार जल-धार बन

पहुँच गयी ब्राह्मण से चांडाल तक
छू लिया लघुतम कीड़े का नाभिमंडल।
पर मेरा नाश कर दिया तुमने
मरात्मक रसायनों से, शवों से
दस द्वार से निकले मल से
पेड़-पौधे अब ताकते भी नहीं
आसमान ने भी आँखें मूँद लीं
मेरी कीचड़ भरी छाती में
अब प्रतिबिम्ब नहीं था
विश्व-ब्रह्मांड नहीं था।

फिर भी क्षितिज से
सुनाई दे रही थी पुकार किसी की
बढ़ा चला आ रहा था हाथ
मैं जो सड़ाँध भरी हूँ
अविवेकपूर्ण लोभ से
दोष भरा मेरा मातृत्व
चंचल पैरों में बेड़ियाँ
डैनों में पक्षाघात।

क्षितिज को छूऊँगी शायद
भर दूँगी उसके व्याकुल हाथ
पर मेरा दूध, शहद है जहरीला।
बलात्कार हुआ है मेरा
कितना असुरक्षित
घुटना भरा है अब
तुम्हारा और मेरा भविष्य!

□□

सच-झूठ समझ नहीं पाती

आधे सपने से जगकर
टटोलने लगती हूँ अहंकार
गीला लगता है
रक्त लग जाता है सारी अँगुलियों में

तरह-तरह के मरणास्त्रों से सज्जित
अपरिचित घटनाओं के
आक्रोश को
रोक लेती हूँ बायें हाथ से

माटी के नीचे जड़ों-सी
उलझ जाती हूँ आलिंगन में
परन्तु
अपना नहीं कह पाती माटी को।

कितने सवाल हैं
सच-झूठ के
संकट के, सिहरन के
दे दो, दे दो का चीत्कार
मैं तो राजकुमारी हूँ
उज्ज्वल कलम की तलवार से
चीर डालती हूँ नीरवता को
पर्त दर पर्त के खोल से
आकर्षित कर लूँगी सोचती हूँ

जवाब उस बात का
अनन्त भंडार शब्दों का
कहाँ होता है? किस गहराई में?

साड़ी से झाड़ डालती हूँ
तमाम चाँदनी फूल
जूड़े के नीचे से
खोल देती हूँ निर्झर
कंगन उतार साड़ी खोलकर
फेंक देती हूँ
चूहों के बिलों से भरे
कमरे में,
समय को
पुकार-पुकार कर कहती हूँ
जा, कुतर ले जाकर
सारा का सारा अनाज
चेहरे की उर्वरता से
मैं तो अब
जवाब तलाशती हूँ
तमाम दिन तमाम रात
शून्य के एक-एक कोने में ढूँढ़ती हूँ
आकाश-गंगा को झुका लेती हूँ
हाथ डालती हूँ
बादल की जेब में
पुकारती हूँ
आ, पकड़ में आ जा—

क्या कहेगा सोचकर
डबडबाया आसमान
बरस जाता है।

□□

मेरी बेटी

अन्तस्तल के सभी रंगों को बाँट
फक्क सफेद साड़ी-सी
फर-फर उड़ती है जो,
धूल से उठाकर मर्यादा
उसके लिए अपना सर्वस्व मढ़कर
सिंहासन बनाकर रखती है जो
वह मेरी बेटी है।

टिप-टिप गिरते समय की ओर
बढ़ाये रहती है अंजुरी
अपने कलेजे का घाव हाथों से दबाये
हँसमुख रहती है जो
सारी रात मोमबत्ती-सी जलती हुई
चुक जाती है जो
आँखों से काजल पोंछते-पोंछते
गुड़ीमुड़ी हो जाते हैं सपने जिसके
रोष भरे गर्जन और हुंकार के पिछवाड़े
"अहा" शब्द लिख देती है जो
वह मेरी बेटी है।

आभूषण उतारकर
विरोध किये बिना
थाल लेकर निकल जाती है जो
दुनिया के सारे आक्रोश की नींव पर

आत्मविश्वास का स्तम्भ बन जलती रहती है
अग्निपरीक्षा से दप-दप दमकता
निखर आता है नारीत्व जिसका
बृहस्पति की शब्दगणना को झुठलाकर
नक्षत्रों को अगोरे रहता है तेज जिसका
वह मेरी बेटी है।

कुत्सित, कदाचार के बीच
नारंगी झंडे-सा हाथ उठाये रहती है जो
उठे हुए चाकू की धार
मुट्ठी में जकड़कर रोक लेती है जो
मिट्टी में मधुर गुंजरण बन
आकाश में सुगन्धित चँवर बन
चुपचाप आती-जाती है जो,
सारी दुनिया के मंथन से निकले
जहर की एक बूँद
आती है हिस्से में जिसके
वह कोई और नहीं
मेरी ही बेटी है।

□□

मनुष्य

सशरीरी मैं
नग्न पर गूढ़ रूप हूँ,
बादल मेरे बाल
झरना मेरा दूध
पृथ्वी के केन्द्र को छूते हैं मेरे पैर।

और मैं
कभी नीला तो कभी शुभ्र
कभी कोमल तो कभी विकराल
हलाहल—

दुग्ध सागर या नियाग्रा
बरही पानी या घाघरा
असंख्य दुग्धधार में पसर जाती हूँ मैं
कैसे समझाऊँ
पहचान कराऊँ
तुम्हारा मेरा संयोग
कितना हरा, कितना गाढ़ा
खून का रिश्ता है।

तुम समझ नहीं पाओगे मनुष्य
हर क्षण हर लय में
मैं बिखेरती रहती हूँ सुगन्ध
नींद से जगाकर

भेज देती हूँ चिड़ियों को नापने आकाश
नहीं जानते मेरे स्नेह की गहराई
तुमको ही चाहते हुए
प्रण किया है मैंने
बिता दूँगी अपनी तमाम उम्र।

बीज ही अनन्य है
अंकुर ही मेरी पोशाक
मेघ समूह मेरा लावण्य,
महाशून्य, महाप्रभंजन प्लावन
शंख, मोती बेशुमार रत्न
इन सबसे सुसज्जित मैं
वसुंधरी प्राण-पवन।

जब तुमने हाथ-पैर बाँधकर मेरे
सोख लिया लावण्य
विछिन्न किया पेड़ों से चिड़िया
पशुओं से अरण्य।
काट डाले मेरे हाड़-मांस
आतंक से थरथराती मैं,
सन्तान की लापरवाही, जुल्म
स्वेच्छाचार की धार से
मेरा मातृत्व जर्ज़र है।
भयंकर भविष्य है
ऑक्सीजनहीन रुग्ण
तुम्हें गोद में लिए हुए है
मेरा यह घृणित पतन।

❑❑

गिद्ध

तुम नहीं हो
चिन्तित हैं आज सभी
ताड़ के पेड़ पर या बरगद-पीपल पर
न जाने कहाँ रहते हो
पर मुर्दे के पास मेला लगाते हो
भोज-महोत्सव
कुत्ते-सियार लुका-छिपी—
मरघट के बीच से गुजरते रास्ते पर
बस्ता लेकर स्कूल जाती नन्ही लड़की की
सतर्क निगाहों में तुम दिखते हो
पाँत में बैठे एक ब्राह्मण की तरह
गर्दन के चारों ओर लाल-सफेद फूलों के झालर
और भी कई बिना झालर वाले भाई-बन्धु तुम्हारे
तुम जब दिखते हो आसमान में
लगता है, मुर्दा पड़ा है कहीं आस-पास।

हो युद्ध और महामारी के प्रतीक तुम शायद
तुम्हारे पंख पसारते ही
अँधेरा छा जाता है,
फिर भी छाते-सा पंख फैलाकर
फेंके गये शिशु को जिलाये रख सकते हो बड़े यत्न से।

विकृत, दुर्गन्ध, सड़ाँध भरे
वातावरण को स्वस्थ, सुन्दर बनाने में

तुम्हारी ज़रूरत पड़ती है—
कौन कहता है अपशकुन हो तुम?

तुम जो आज नहीं हो
तुम्हें ढूँढ़ रहे हैं
कल दम घुटेगा हमारा सड़ाँध से
बेचैन हो तड़पेंगे हम रह-रहकर।

□□

पहचान लोगे?

पहाड़ की तलहटी से आती है पुकार
सिर पर घने बादल
बेतहाशा निगलते जा रहे हैं सूरज को
कौन जाने पहुँच पाऊँगी भी या नहीं मैं–

सजी-सँवरी कम नहीं हूँ
हरी साड़ी, सोने की चूड़ियाँ
विदेशी इत्र
अधखिली कली-सा
काँपता समर्पण
हृदय का–

कुछ दिनों पहले
मिट चुके हैं निशान मन से
न जाने कितने जलन के,
नज़दीकी आदमी ने
कैथे के पेड़ से बाँधकर
पीटा है मुझे कई बार
जेठ की तपती दुपहरी में।
मैं बता नहीं पायी तुम्हें
शायद तुम
उद्धार नहीं कर पाओगे मेरा
मन क्षोभ जाग उठेगा तुम्हारा!

विश्वास करो
मैं खूब सुन्दर वेश में जाऊँगी
गाल दर्पण-सा सुन्दर, मुस्कान में चाँद
मछली के पेट में न होगी
अँगूठी की पहचान
वादा करो, पहचान लोगे तुम?

गेहूँ की बालियों में चोंच मारती है चिड़िया
गेहूँ गिर पड़ेंगे, अँकुरित हो जायेंगे,
कटे गले से बह रहा है मासूम रक्त
जितनी असहायता है
उतनी ही है निष्ठुरता
इस मानव की–
मैं खुद भी हूँ दूसरे ढंग का निष्ठुर।

माँ-बाप ईब नदी किनारे तो
भाई बम्बई के श्मशान में,
आस-पास सिर्फ तुम हो
तुम्हें इतना गुमान है कि
कभी पहचानोगे, कभी नहीं।

□□

रहस्य

पर्त दर पर्त
रहस्य की गठरी खुलते जाने के बावजूद
तुम कितने सुन्दर हो।

देखते ही ज्ञान खो जाता है
विज्ञान याद नहीं रहता
सच को मिटाना क्या सुन्दरता का धर्म है?

किस सच से, भूगोल से तुम जन्मे हो
किससे गढ़ी है तुम्हारी देह
सोने के चमकदार पिंड से
या बसन्त-ऋतु के मधु से।

होते हो यदि पास, यदि गरजता है समुद्र
तुम तैरकर चले आते हो,
तुम्हारी निगाह से बिखर जाता है कुतूहल
पुलक होती है
पल्लवित हो जाता है
मेरा रोम-रोम।

सारे रहस्यों के अँधेरे होते हैं
सारी सुन्दरता के आस-पास अँधेरा
जैसे तुम हो,
चैती-पर्व के नाच में
झरना किनारे

वनफूल झूमझूमकर नाचते समय
उल्लास में समा जाता है भय
कूद पड़ती है
अमानुष के चाकू की धार।

जैसे बारिश की तरह बहने लगते हैं
धार-धार आँसू मेरे
तटस्थ होने से पहले
चौंक उठता है धमनियों में खून,
पर पृथ्वी के बाद पृथ्वी
सारी आकाशगंगा मस्त रहती है खेल में
वहाँ मैं कहाँ होती हूँ सचमुच?

साथ रहने वाला आदमी
कब का गायब हो चुका है
सपने के प्रतीक तुम
तुम भी नहीं हो।
मैं अकेली—
अपने नगण्य अस्तित्व के बावजूद
तुम्हारी ओर हाथ बढ़ाती हूँ।

□□

मैं न होऊँ

न मिल पाये तुम
तो मैं लौट आऊँगी–
इस लाचारी में,
मर्दानगी को उलझाये रखनेवाली
हिंस्रता, अविवेकता में।

दूसरे के बस्ता-भर पत्थरों के बोझ से
एक पत्थर निकालकर हल्का करने के लिए,
अचानक बह चले खून से
चुल्लूभर पोंछ देने के लिए,
क्रूरता, स्वार्थीपन, षड्यन्त्र को
चुटकी भर विश्वास की दीक्षा देने के लिए–
मुझे सक्षम करो की गुहार
करने गयी होती तुम्हारे पास
तुम न मिल पाये तो
गुहार करूँगी किससे?

हालाँकि, मैं आँसू तो पोंछ सकती हूँ,
चोट में लगा सकती हूँ मलहम,
दुर्भावना के सामने गाऊँगी
एक मधुर गीत
मुस्कराकर बातें करूँगी–
मुट्ठी भर भात दूँगी
डस्टबिन खँगालते इंसान को,

सहला लूँगी
तड़पते हाहाकार से रुँधती
अपनी लाचार छाती को।

ताकती बैठी होऊँगी
कोई न कोई

शायद समझे, विचारे
देख सके
इस दुनिया का
तबाह होता लहूलुहान रूप!

□□